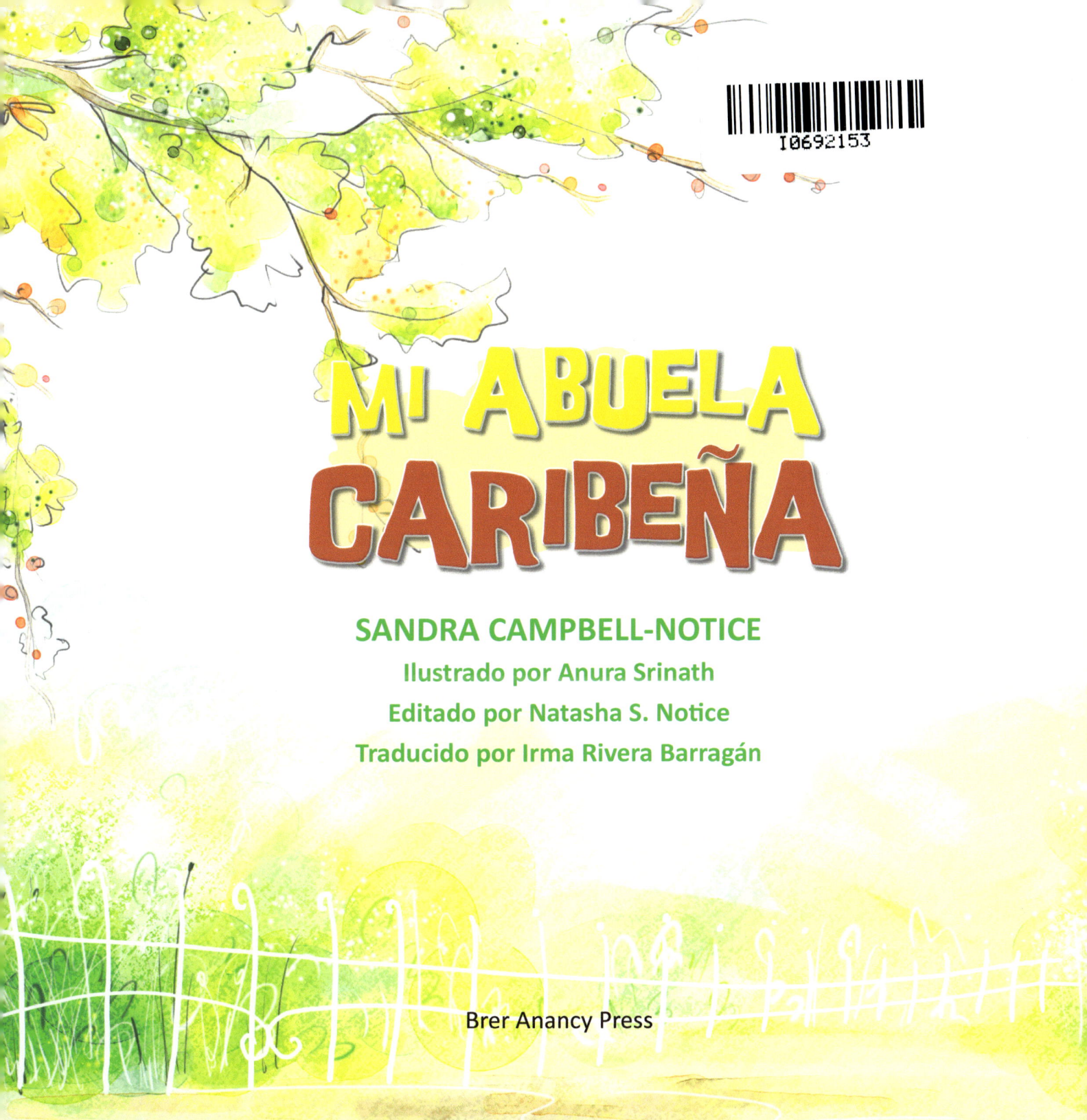

MI ABUELA CARIBEÑA

SANDRA CAMPBELL-NOTICE

Ilustrado por Anura Srinath

Editado por Natasha S. Notice

Traducido por Irma Rivera Barragán

Brer Anancy Press

I0692153

ISBN: 978-9768266002

Información sobre pedidos:
Ventas por cantidad. Descuentos especiales están disponibles en compras de cantidad por corporaciones, asociaciones y otros. Para más detalles de contacto.

Brer Anancy Press
P.O. Box 361582
Los Angeles, CA 90036
info@breranancypress.com   bluemountainrhythms@gmail.com
www.breranancypress.com   www.bluemountainrhythms.com

Impreso en los Estados Unidos

Dedicación

Dedico este libro a la memoria de

mi abuela materna

Timinisha A. Stewart-Thomas.

También está dedicado

a mis hijas Tinisha y Natasha que

me motivan diariamente para

hacer todas las cosas que

me gusta hacer.

ELLAS SON MI VERDADERO

AMOR Y MI INSPIRACIÓN.

MI ABUELA

La Sra. Timinisha Stewart-Thomas fue mi abuela del Caribe. Ella era una persona tímida, amorosa, paciente y dedicada que llevaba siempre una sonrisa en su rostro.

Cuando pienso en mi abuela, me acuerdo de su pelo negro, largo, y grueso, de su cuerpo corto y rellenita, y de su cara redonda. Su piel era la mezcla perfecta del rico suelo marrón, y sus ojos amorosos parecían brillar igual que los rayos del sol brillando sobre las aguas del Mar Caribe.

Mi abuela era una mujer muy trabajadora. Todos los días, tan pronto como el sol salía de las montañas azules, ella se levantaba a cocinar un desayuno saludable sobre el fuego abierto para la familia. A menudo tendríamos plátanos verdes, calloloo y pescado salado, y una de té de menta. Después del desayuno, recogía baldes de agua, limpiaba la casa y el patio, y luego iba a su jardín a cuidar los cultivos.

La mayoría de los días, mi abuela se dedicaba a cuidar y recoger frutas, tirando las malas hierbas del jardín, labrar la tierra, transplantar los cultivos, o asegurarse de que el suelo recibía suficiente fertilizante para que las verduras que plantó crezcan sanas. Mientras que mi abuela hacia sus tareas, mi hermano, mi hermana, y yo nos asegurábamos de que todas las plantas tenían suficiente agua para mantenerlas sanas y creciendo.

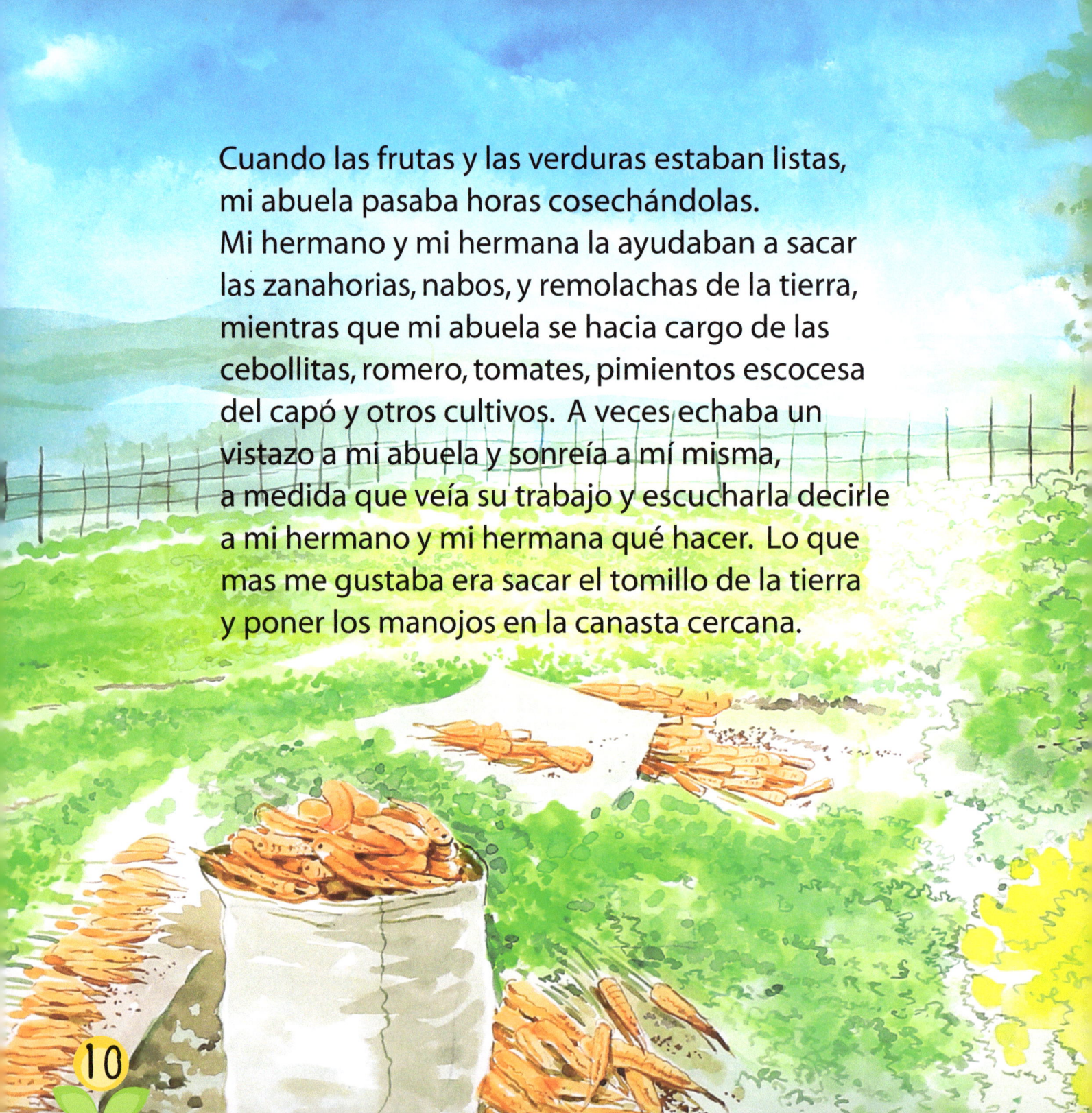

Cuando las frutas y las verduras estaban listas,
mi abuela pasaba horas cosechándolas.
Mi hermano y mi hermana la ayudaban a sacar
las zanahorias, nabos, y remolachas de la tierra,
mientras que mi abuela se hacia cargo de las
cebollitas, romero, tomates, pimientos escocesa
del capó y otros cultivos. A veces echaba un
vistazo a mi abuela y sonreía a mí misma,
a medida que veía su trabajo y escucharla decirle
a mi hermano y mi hermana qué hacer. Lo que
mas me gustaba era sacar el tomillo de la tierra
y poner los manojos en la canasta cercana.

Después de llevar los cultivos a casa, mi hermano, mi hermana y yo ayudábamos mi abuela a lavar las verduras en una gran tina de agua. Entonces, los amarrábamos y junto con los condimentos, los poníamos en paquetes pequeños, y luego los empacábamos en canastas y arpillas, listos para la venta en el mercado.

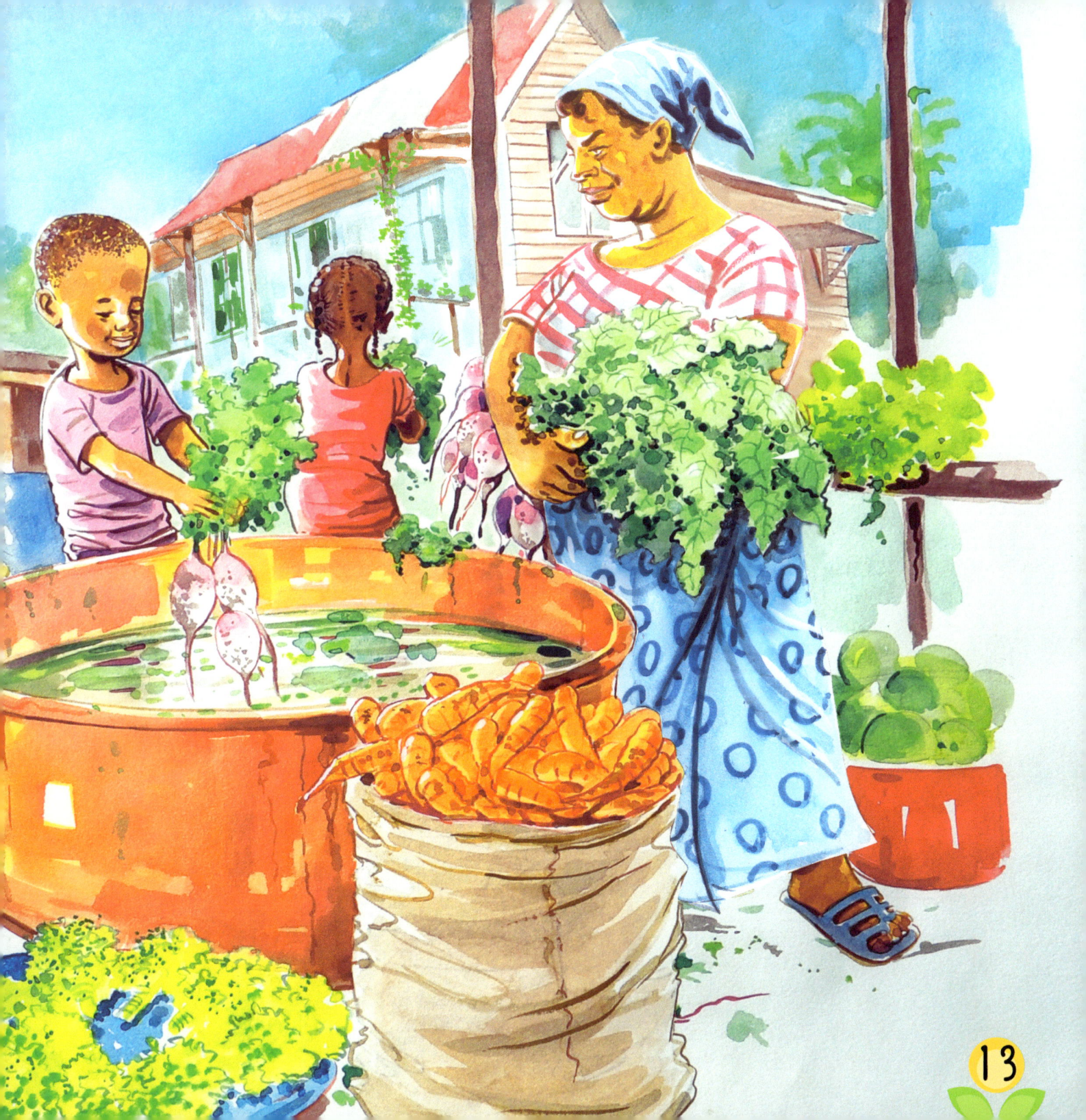

14

La cara de mi abuela se llenaba
de alegría en vernos ordenar y
empacar los cultivos. Los cultivos
que había plantado, cuidado y
cosechado ahora ya estaban listos
para que otros los disfruten. Era más
la ansiedad por ir al mercado en la
ciudad para vender sus cosechas.

Muy temprano, un jueves por la mañana,
mi abuela se preparaba para su viaje al
mercado. Ella preparaba el desayuno y
planchaba su vestido favorito de cuadros.

El vestido era el traje popular de la
mayoría de las mujeres que vivían en la
isla, y lo usaba siempre que iba al mercado.
Junto con su vestido, mi abuela se ponía
medias de color marrón y zapatos negros
brillantes. Entonces se amarraba un
pañuelo en la cabeza que correspondía a
su vestido, y una parte gruesa de su pelo
negro se quedaba fuera justo por encima
de su frente.

Mientras mi abuela se vestía, mi hermano, mi hermana y yo habíamos puesto todas las bolsas y canastas junto la reja delantera y esperamos la llegada del jeep que tomaría mi abuela a su destino. Mi abuela sonreía así a nosotros y le decía a mi hermano que se portara bien mientras ella estaba ausente.

Cuando el jeep Land-Rover llegó, el ayudante del conductor puso los cosas de mi abuela en la parte de arriba del vehículo, mientras que ella se metía en la parte trasera y se sentaba con las otras mujeres. Su viaje al mercado había empezado y ella viajaba con las otras mujeres durante horas por caminos sin pavimentar al mercado de la ciudad.

El mercado de la ciudad fue uno de los lugares más concurridos y más coloridos de la ciudad. Era como un hermoso mural. La gran estructura al aire libre, construido de concreto y madera, siempre estaba lleno de gente que compraba y vendía de una variedad de alimentos. ¡Los colores de las frutas, y verduras, y ropa y artículos para el hogar estaban por todas partes!

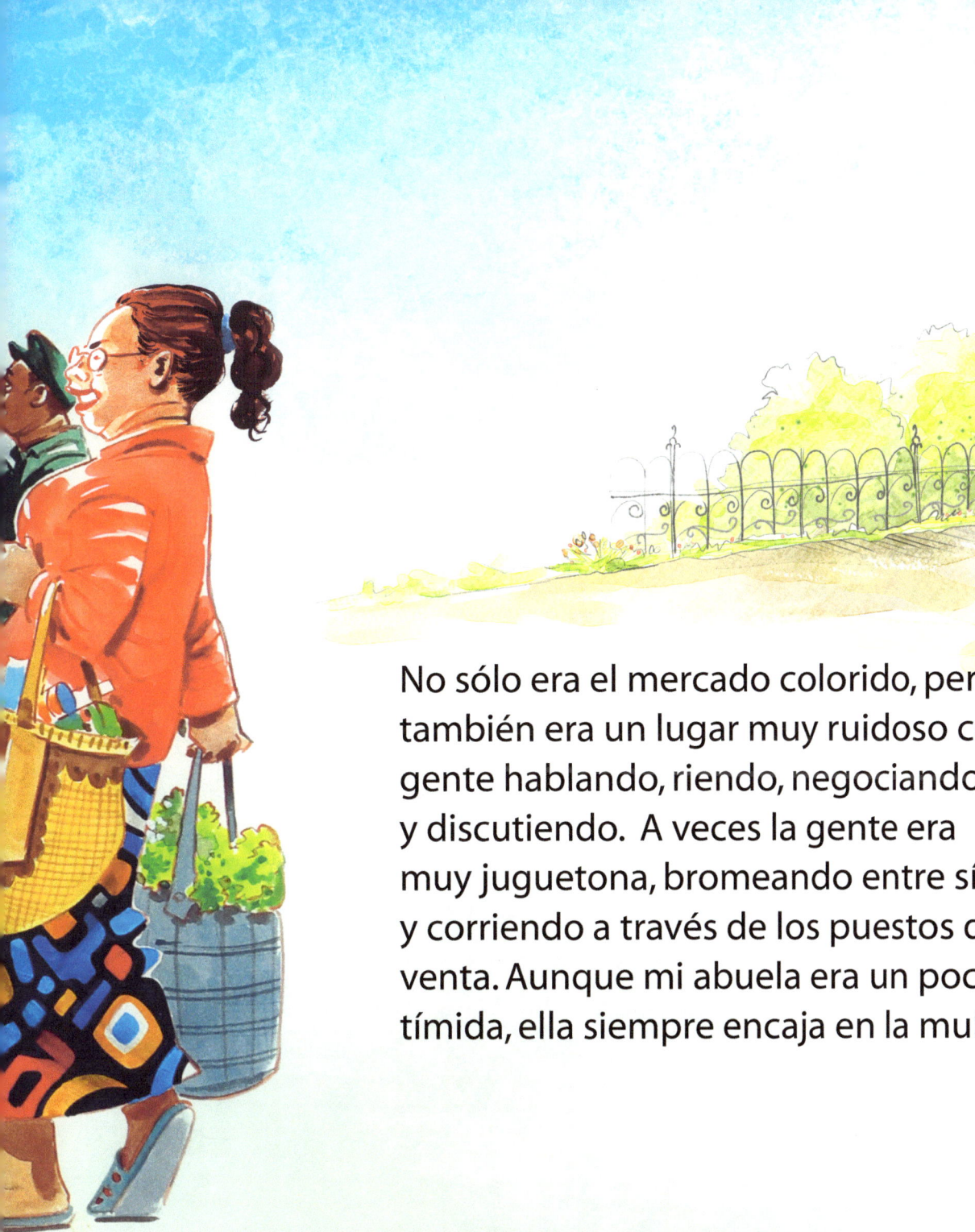

No sólo era el mercado colorido, pero
también era un lugar muy ruidoso con
gente hablando, riendo, negociando,
y discutiendo. A veces la gente era
muy juguetona, bromeando entre sí,
y corriendo a través de los puestos de
venta. Aunque mi abuela era un poco
tímida, ella siempre encaja en la multitud.

Desde su puesto de madera, mi abuela saludaba a sus clientes con una sonrisa alegre cuando ellos le decían hola a ella. Cada cliente compraría algo del tomillo, romero, cebollitas, zanahorias, nabos, remolacha, pimientos escocesa del capó, tomates, cho-cho y otras frutas y verduras que mi abuela había traído al mercado. Algunos clientes podrían tratar de negociar con mi abuela por un precio más bajo y si ella estaba en un buen de ánimo, vendería el artículo por un precio más bajo. Ella diría que consiguieron una ganga.

26

Sábado por la noche es cuando mi abuela volvía a casa desde el mercado. Cuando mi hermano, mi hermana, y yo oímos la bocina del jeep, nos gustaba correr a la reja principal para saludarla cuando el jeep se detenía para dejarla. Mientras mi abuela les decía adiós a las otras mujeres, nos gustaba tomar rápidamente las bolsas llenas de los alimentos necesarios para la familia. Habría leche endulzada, harina, harina de maíz, arroz, carne, pescado, pan, mantequilla y aceite de cocina. También buscábamos dulces y otras golosinas, sorpresas que ella nos traía a casa para nosotros. Esta vez, mi abuela trajo caramelos, tortas de coco y espadines fritos en la gran bolsa de lona de color canela. Comimos nuestras delicias en cuestión de segundos y mi abuela sonreía.

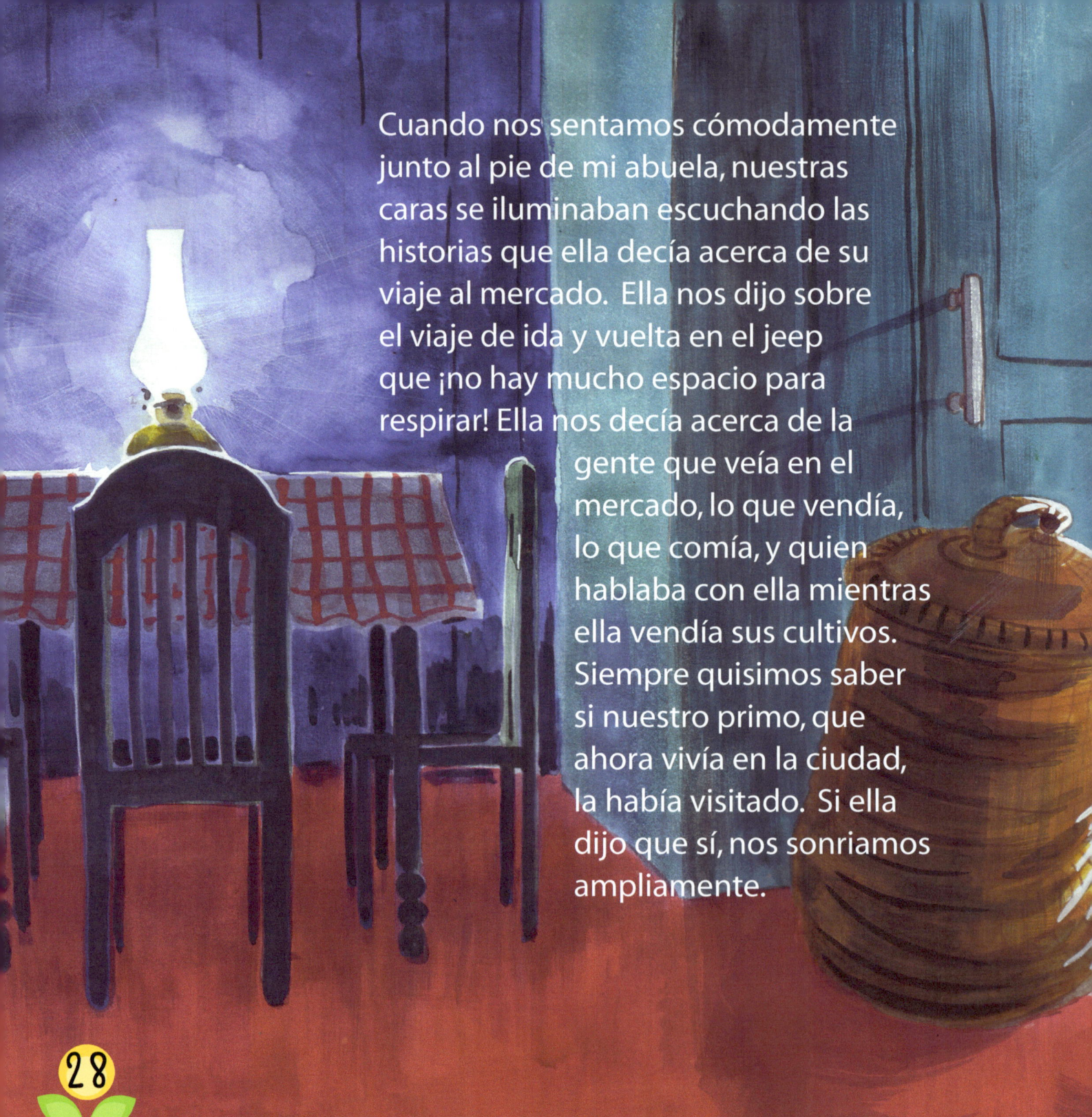

Cuando nos sentamos cómodamente junto al pie de mi abuela, nuestras caras se iluminaban escuchando las historias que ella decía acerca de su viaje al mercado. Ella nos dijo sobre el viaje de ida y vuelta en el jeep que ¡no hay mucho espacio para respirar! Ella nos decía acerca de la gente que veía en el mercado, lo que vendía, lo que comía, y quien hablaba con ella mientras ella vendía sus cultivos. Siempre quisimos saber si nuestro primo, que ahora vivía en la ciudad, la había visitado. Si ella dijo que sí, nos sonriamos ampliamente.

Mi abuela también nos dijo que el río
Yallahs había salido a causa de las fuertes
lluvias en la parte baja de la comunidad.
Era peligroso para el jeep conducir a través
del río porque era profundo, ancho y alto,
así que ella y las otras mujeres tuvieron que
caminar a través del puente y transportar la
totalidad de sus suministros al gran camión
que estaba esperando en el otro lado del río.

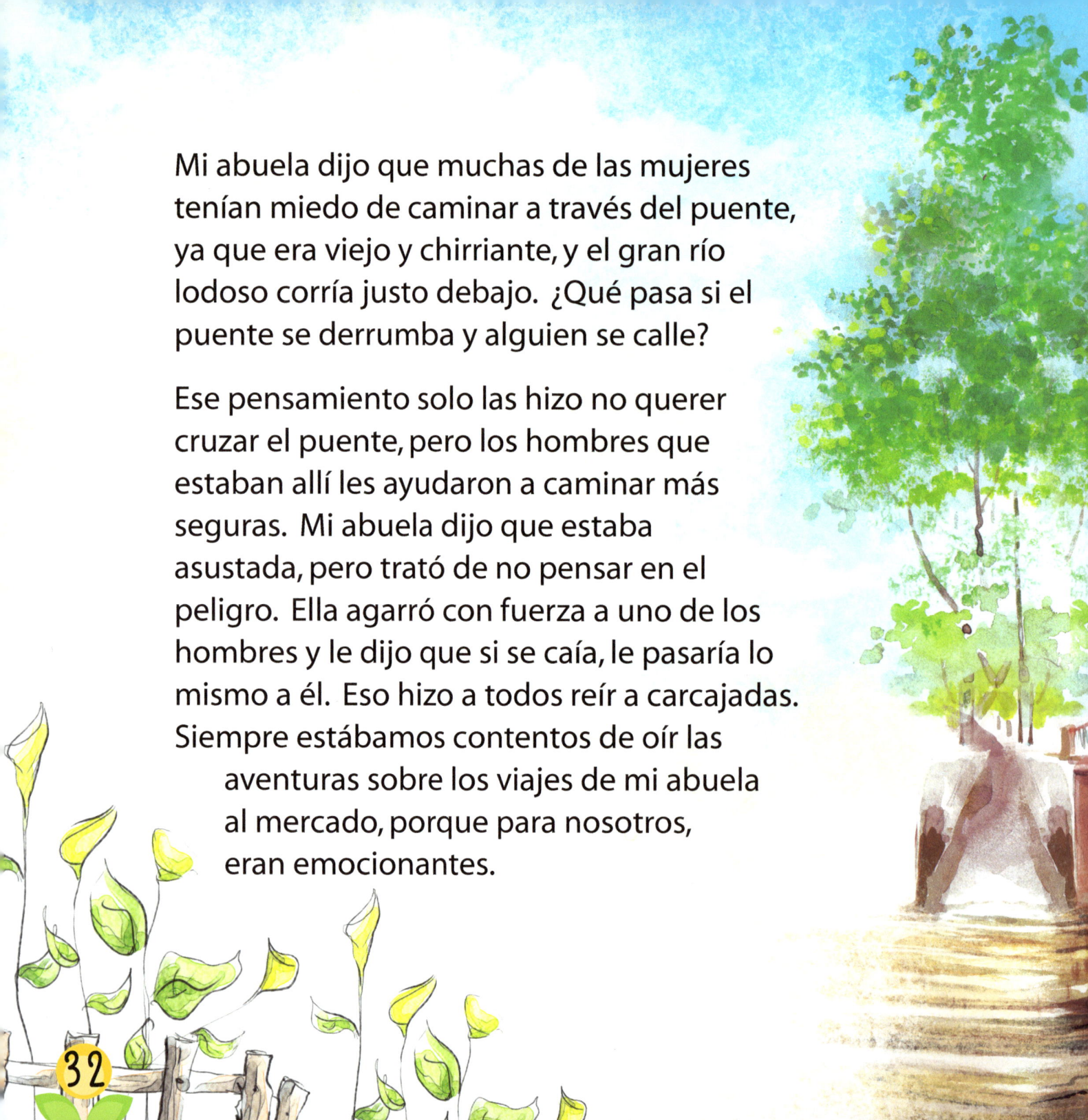

Mi abuela dijo que muchas de las mujeres tenían miedo de caminar a través del puente, ya que era viejo y chirriante, y el gran río lodoso corría justo debajo. ¿Qué pasa si el puente se derrumba y alguien se calle?

Ese pensamiento solo las hizo no querer cruzar el puente, pero los hombres que estaban allí les ayudaron a caminar más seguras. Mi abuela dijo que estaba asustada, pero trató de no pensar en el peligro. Ella agarró con fuerza a uno de los hombres y le dijo que si se caía, le pasaría lo mismo a él. Eso hizo a todos reír a carcajadas. Siempre estábamos contentos de oír las aventuras sobre los viajes de mi abuela al mercado, porque para nosotros, eran emocionantes.

Esa noche, mientras nos fuimos
a dormir, pensé en el jardín, el jeep,
el mercado, el río, el camión,
las historias, y de mi maravillosa
abuela que dormía tranquilamente
a mi lado. Vi tantas imágenes en
mi cabeza, y me pregunté de
cuando yo pudiera ir al mercado
con ella para ver todas las
cosas que había visto.

Pasaron las semanas y tan pronto como mi abuela había plantado, cuidado, y cosechado más condimentos y vegetales, ya era hora, una vez más para hacer otro viaje al mercado. Este fue un ciclo sin fin para ella y las otras mujeres que vivían en las zonas rurales de la isla. En este viaje, mi hermana y yo íbamos a ir con ella al mercado. ¡Estábamos emocionados! Ahora nos tocaba tener una aventura con mi abuela del Caribe.

Mapa de Jamaica

www.ingramcontent.com/pod-product-compliance
Lightning Source LLC
Chambersburg PA
CBHW041720240626
47171CB00002B/12